F. Isabel Campoy  Alma Flor Ada

Celebra el
Mardi Gras
con Joaquín, arlequín

Ilustrado por **Eugenia Nobati**

ALFAGUARA

Hoy es Mardi Gras.
La ciudad entera se viste
de verde, oro y morado.
¡Qué alegría ir disfrazado!

2

En el desfile de grandes carrozas,
hay reyes, magos, payasos, piratas
que tiran anillos, collares y joyas
y hasta monedas de oro y plata.

Verde, oro y morado,
¡qué alegría ir disfrazado!

¡Llega la banda!
Pa-para-papá,
tu-turu-tutú,
pa-pá, tu-tú.
Violín, trompeta, guitarra,
guitarra, trompeta y violín.
¿Dónde está Joaquín?

—¡Hay que encontrar a Joaquín! —grita la madre.

Simón dice: —¡Ven, Joaquín!

Dice el niño: —¡No soy Joaquín! Soy un arlequín.

—Serás un arlequín, pero eres mi hermano.

¡A mí no me engañas, Joaquín!

Pilar dice: —¡Por fin te encontré, Joaquín!

Dice el niño: —¡No soy Joaquín! Soy un arlequín.

—Serás un arlequín, pero eres mi hermano.

¡A mí no me engañas, Joaquín!

"¡Atención, por favor!
Tenemos en esta oficina
a un niño extraviado
con un disfraz de arlequín
verde, oro y morado."

11

Cuatro niños vestidos de arlequín,
pero sólo uno es Joaquín.
¡Cuánta confusión en un sólo día!
Ahora todo es alegría.

मॉ – "mamá" en hindi; se pronuncia "ma"

媽 – "mamá" en chino; se pronuncia "ma"

maman – "mamá" en francés; se pronuncia "mamó"

13

Ha llegado la hora de comer.
Hay un pastel de reyes muy decorado.
¿En qué trozo estará el muñequito de la suerte?
¿Verde?
¿Oro?
¿Morado?

16

¿Qué es el Mardi Gras?

"Mardi Gras" quiere decir "martes gordo" en francés.

Es un carnaval, o sea, una gran fiesta de disfraces que se hace en la calle y puede durar varios días.

El carnaval más grande de Estados Unidos se celebra en la ciudad de Nueva Orleáns, en el estado de Luisiana.

LUISIANA

Nueva Orleáns

LUISIANA

Esta carroza desfila por una calle de Nueva Orleáns.
Desde la carroza tiran caramelos, collares
y monedas de mentira, de metal y de chocolate.

¡Todos quieren agarrar algo!

En un carnaval hay músicos y bailarines que alegran la fiesta. Mucha gente se reúne para verlos.

23

Pero lo más divertido del carnaval es disfrazarse.

Es algo que todo el mundo puede hacer.

Tú y tus amigos pueden llevar el mismo disfraz.

O te puedes poner un disfraz original, es decir, que a nadie más se le haya ocurrido.

Aunque decidas no disfrazarte, te vas a divertir con todo lo que hay para ver. ¡Sin duda!

Estados Unidos
Carnaval de Nueva Orleáns, Luisiana
Foto de Philip Gould
© Philip Gould/CORBIS

Trinidad y Tobago
Carnaval de Puerto España, Trinidad
Foto de Pablo Corral Vega
© Pablo Corral V/CORBIS

Estados Unidos
Desfile de los Zulus, Carnaval de Nueva
Orleáns, Luisiana
Foto de Dave Fornell
© Bettmann/CORBIS

Estados Unidos
Carnaval de Nueva Orleáns, Luisiana
Foto de Joseph Sohm
© Joseph Sohm; ChromoSohm Inc./CORBIS

Guadalupe
Carnaval de Basse-Terre
Foto de Philip Gould
© Philip Gould/CORBIS

Trinidad y Tobago
Carnaval de Puerto España, Trinidad
Foto de Alison Wright
© Alison Wright/CORBIS

Brasil
Carnaval de Río de Janeiro
Foto de Claudio Edinger
© Claudio Edinger/CORBIS

Estados Unidos
Carnaval de Nueva Orleáns, Luisiana
Foto de Joseph Sohm
© Joseph Sohm; ChromoSohm Inc./CORBIS

Brasil
Carnaval de Río de Janeiro
Foto de Earl Kowall
© Earl & Nazima Kowall/CORBIS

Trinidad y Tobago
Carnaval de Puerto España, Trinidad
Foto de Pablo Corral Vega
© Pablo Corral V/CORBIS

Bolivia
Carnaval de Oruro
Foto de Anders Ryman
© Anders Ryman/CORBIS

Estados Unidos
Niños de Richmond, Virginia, con máscaras
de Mardi Gras
Foto de Lynda Richardson
© Lynda Richardson/CORBIS

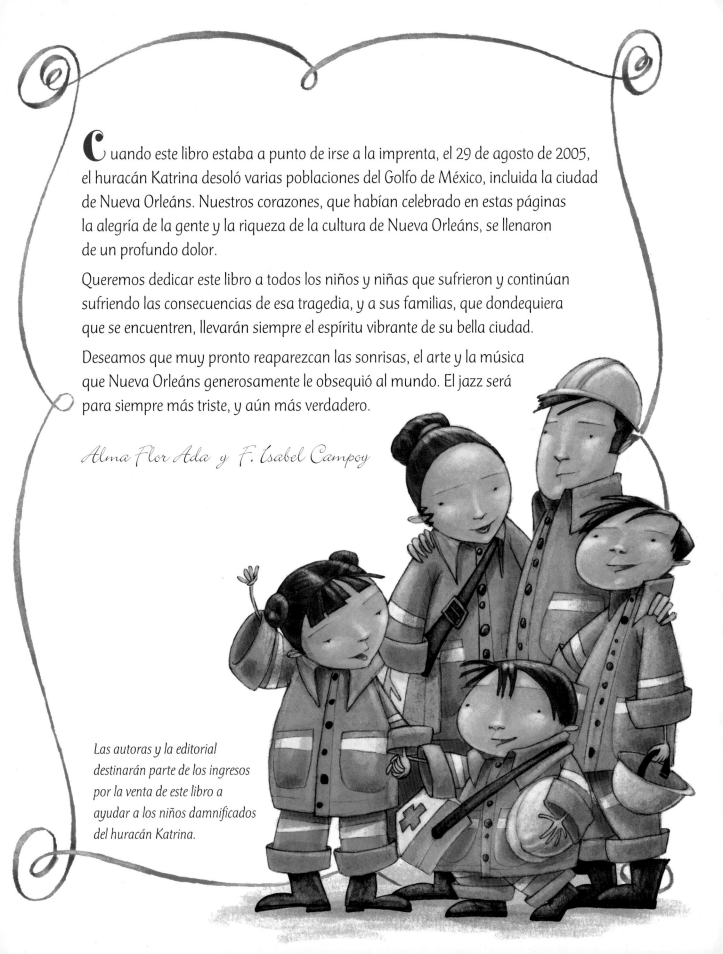

Cuando este libro estaba a punto de irse a la imprenta, el 29 de agosto de 2005, el huracán Katrina desoló varias poblaciones del Golfo de México, incluida la ciudad de Nueva Orleáns. Nuestros corazones, que habían celebrado en estas páginas la alegría de la gente y la riqueza de la cultura de Nueva Orleáns, se llenaron de un profundo dolor.

Queremos dedicar este libro a todos los niños y niñas que sufrieron y continúan sufriendo las consecuencias de esa tragedia, y a sus familias, que dondequiera que se encuentren, llevarán siempre el espíritu vibrante de su bella ciudad.

Deseamos que muy pronto reaparezcan las sonrisas, el arte y la música que Nueva Orleáns generosamente le obsequió al mundo. El jazz será para siempre más triste, y aún más verdadero.

Alma Flor Ada y F. Isabel Campoy

Las autoras y la editorial destinarán parte de los ingresos por la venta de este libro a ayudar a los niños damnificados del huracán Katrina.

Text © 2006 Alma Flor Ada and F. Isabel Campoy

Editor: Isabel C. Mendoza
Art Director: Mónica Candelas

Alfaguara is part of the *Santillana Group*, with offices in the following countries:
ARGENTINA, BOLIVIA, CHILE, COLOMBIA, COSTA RICA, DOMINICAN REPUBLIC, ECUADOR,
EL SALVADOR, GUATEMALA, MEXICO, PANAMA, PARAGUAY, PERU, PUERTO RICO, SPAIN,
UNITED STATES, URUGUAY, AND VENEZUELA

ISBN: 1-59820-116-6

Printed in Colombia by D'Vinni Ltda.

12 11 10 09 08 07 06   1 2 3 4 5 6 7

Library of Congress Cataloging-in-Publication Data

Ada, Alma Flor.
        [Celebrate Mardi Gras with Joaquin, Harlequin. Spanish]
        Celebra el Mardi Gras con Joaquín, arlequín / Alma Flor Ada,
F. Isabel Campoy; ilustrado por Eugenia Nobati.
        p. cm. — (Cuentos para celebrar)
        ISBN 1-59820-116-6
        1. Carnival—Juvenile literature. 2. Carnival—United States—
Juvenile literature. I. Campoy, F. Isabel. II. Nobati, Eugenia. III. Title. IV.
Series.

GT4180.A33J63 2005
394.25—dc22   2005029120